이전보다 더

이전보다 더

2024년 5월 23일 제 1판 인쇄 발행

지 은 이 ㅣ 피덕희
펴 낸 이 ㅣ 박종래
펴 낸 곳 ㅣ 도서출판 명성서림

등록번호 ㅣ 301-2014-013
주   소 ㅣ 04625 서울시 중구 필동로 6(2층·3층)
대표전화 ㅣ 02)2277-2800
팩   스 ㅣ 02)2277-8945
이 메 일 ㅣ ms8944@chol.com

값 10,000원
ISBN 979-11-93543-82-5

이전보다 더

피덕희 제 3시집

도서출판 명성서림

시인의 말

요즘들어 세월이 유수같다는 옛 어르신들의 말씀이 더 피부에 와 닿는 듯합니다. 재작년에 회갑을 맞아 그 동안 모아 둔 것을 세상에 내 놓으려 했으나 상황이 좋지 못하여 미루다보니 이제서야 인사를 드리게 되었습니다.

혼자 있는 시간에 인생에 대한 노래를 듣게 될 때에는 왠지 모르게 눈물이 납니다. 고단했던 지난 날들, 힘들었던 시간들과 그 시간들 속에서도 기쁘고 감사했던 것들에 대한 고마움이 뜨거운 수증기로 차올라서 그런가 봅니다.

이쁜, 정말 이쁜 우리 손녀의 손을 잡고 화랑대 벚꽃나무 아래로, 분수대 옆 푸른 잔디밭 사이로 걸어갑니다. 뭐라고 뭐라고 지저귀는 새소리처럼 떠들며 웃으며 지껄이며 지나갑니다. 그 옛날 새하얀 조팝나무 곁에 서서 찍은 우리 아들딸의 모습도 그려봅니다. 하나씩 껴안고 찍은 가족사진도 머릿속에 떠올리며 흐뭇한 시간에 빠지고 있습니다.

지금 나는 어디에 서 있는 걸까? 경로이탈은 아닌가? 어디로 가야할까?
가지 않은 길로 가기엔 너무 늦은 건 아닐까? 최소한 세상 사람들이 좋아하는 길은 분명 아닌 듯 하다. 길이라고 다 길이 아니기에.

혼자 사는 삶과 더불어 살아가는 삶에 대한 가치는 얼마나 다를까?

　　움켜 쥐는 것과 펴는 것, 받는 것과 주는 것에는 어떤 차이가 있을까?

　　나의 부모형제는 물론이거니와 어떤 삶이 진정한 이웃이 되는걸까?

　　머리로 알고 있는 것과 가슴으로 알고 행하는 것에 대한 가치는 얼마나 될까?

　　제가 사랑하는 모든 분들께 이 시집을 바칩니다.

2024년 오월에

권면의 말

글은 마음의 창이라는 말을 아주 오래 전에 들어본 적이 있습니다.

누군가가 쓴 글을 읽어보면 그 글이라는 작은 창을 통해 글쓴이의 마음을 들여다 볼 수 있다는 뜻이겠죠. 글에는 많은 종류가 있지만, 특히 시는 글쓴이의 마음을 더 솔직하게 보여주는 글이라고 생각합니다. 시는 글쓴이의 마음속 생각을 압축하고, 또 압축해서 진액만을 뽑아 표현한 것이기 때문입니다.

모든 사람의 마음에는 수많은 생각들이, 마치 밤하늘의 불꽃놀이처럼 생겼다가 사라지고, 또 생겼다가 사라지곤 합니다. 그런데 이렇게 많은 생각들이 모두의 마음속에 꽉 차있을지라도 그것을 일상의 모습과 어울리도록 적절하게, 아름답게 표현하는 재주는 누구에게나 있는 것 같지는 않습니다. 구슬이 서 말이라도 꿰어야 보배라고 했던가요? 시인 피덕희장로님은 수많은 생각의 구슬들을 더 가치 있게 빛나도록 꿰는 남다른 달란트를 가진 분입니다. 피덕희장로님과 대화를 해 보신 분은 그분 속에 있는 어린아이와 같은 순수함과 천진무구함을 쉽게 발견하게 됩니다.

그래서 항상 즐거움과 긍정의 에너지를 주변 사람들에게 전해주시죠. 그런 장로님의 모습을 있는 그대로 모아 놓으면 한 권의 시집이 됩니다.

이번에 나온 세 번째 시집도 바로 그런 장로님의 삶을 보여주는 사진첩과 같습니다. 거울이나 사진은 아무런 꾸밈이 없이 있는 그대로를 보여주는 특징이 있는데, 장로님의 시도 마찬가지입니다. 장로님의 인생에서 담아왔던 많은 사물들, 많은 생각들, 그리고 많은 시간들을 그대로 보여주는 사진첩입니다. 그래서 장로님의 시는 전혀 낯설지 않습니다. 왜냐하면 내가 지금까지 살아오면서 내 속에 간직해 두기만 하고 까맣게 잊고 있었던 것들을 장로님의 시를 통해 다시 꺼내볼 수 있었기 때문입니다. 그래서 장로님의 시는 고마운 시입니다. 내가 꿰지 못하고 마음속에만 두었던 구슬들을 장로님이 대신 꿰어주셨기 때문입니다.

이 시집을 펼쳐서 마음의 여행을 떠나봅니다. 시공을 초월한 추억의 여행입니다. 아무런 비용도 들지 않으니 꽤나 수지맞는 여행입니다. 그러나 그 어떤 값비싼 여행에서도 얻을 수 없는 만족함과 평안함, 그리고 알 수 없이 밀려오는 흐뭇함과 잔잔한 미소가 있습니다. 그래서 더 좋습니다. 그래서 더 감사합니다.

늘기쁜교회 김진환 목사

2

───

생
명
의
길

4
———
그
대
그
림
자

1부

그대의 향기

영춘화迎春花

개나리인 듯 아닌 듯
해마다 너를 보며 지나쳤었지
오늘은 너에게
가까이 더 가까이
개나리보다 더 일찍
봄을 맞으러 간다는 너
한 때 어사화御史花에까지 올랐다던 너
정맥줄기에 피어난 노오란 희망
그 고운 향기는 어데두고
이리도 일찍 나왔는가
퇴근길에 꽃집에 들려
두손으로 내 너를 안고 가리라.

새순

묵은 해피트리*Happy tree*
가지들을 잘라냈다
우거졌던 숲이 휑하여지니
미안하기도 하다
며칠 후
잠에서 깨어난 연초록 움을 발견했다
볼때마다 느낌이 새롭다
썩은 연못에서 연꽃이 피어나듯
곪아터진 암세포 구덩이에서도
새로운 생명세포가 솟아난다
기린 목처럼 새순이 솟아오르고
가느다란 대궁이 뻣뻣해짐은
무릎에 힘을 주어 나를 일으키고
목발을 집어 던지게 한다
오늘 아침에도
어김없이 단단한 줄기를 만져보며
감사기도를 한 후 소확행 출근길에 나선다.

기경 起耕

"동창이 밝았느냐 노고지리 우지진다
소치는 아이는 상기 아니 일었느냐
재너머 사래 긴 밭을 언제 갈려 하느냐"
내 어릴 적
뻐꾸기 구성지게 울던 날
착하디 착한 누렁이 목에 멍에를 지우고
산허리 경사진 밭을 갈던 아버지 모습이 떠오른다
단지 게으른 머슴만을 나무라는 소리일까
우리의 성공을 위한 가르침은 아닐까
단단해진 밭을 갈아 엎어야
공기가 들어가고 거름이 들어가 땅도 숨을 쉬노라
가시와 엉겅퀴가 무성한 땅을 갈아엎자
밭가는 시기에 맞춰 우리의 마음밭도 갈아엎자
시기, 질투, 미움, 욕심을 갈아엎고
말씀의 씨앗을 심자
사랑이 싹틀 수 있게…

감자꽃 필 무렵

40여년만에
밭에 씨감자를 심었다
마른풀을 태워 재*를 바르고
한 구덩이에 두알씩 심었다
얼마가 지난 후 나온 감자싹을 보며
어릴 적 자주감자꽃이 떠 올랐다
나는 유별나게 자주감자를 좋아했다
늘 자주감자를 찾아 먹으려고 애를 썼다
감자잎에는 언제나 무당벌레가 많았다
자주감자를 좋아했던 걸 시기했던 모양이다
자주감자는 약용성분이 많이 있단다
그래서인가 지금껏 감사하게 건강한 몸으로 산다
언제 40년이 지났을까
마음은 이미 강원도 고향 텃밭으로 가 있다
감자꽃*처럼 살자~ 감자꽃처럼 살자~
지긋이 눈을 감고
쌀이 떨어질 때 생명을 이어주던
그 귀하고 귀한 감자를 그리며…

* 재에는 양잿물 성분이 있어 병균 소독효과가 있음
* 꽃말 : 당신을 따르겠습니다(순종의 삶)

산목련山木蓮

산 길을 걷다가
문득 녹색 어둠속에 비친
하얀 등불 서너개를 발견했다

꽃 스피커에서
은은하게 퍼져 나오는
그 진한 향기에 흠뻑 잠기는 행복이란

연꽃 같기도 하고
함박꽃 같기도 한 것이
지친 발걸음을 멈추게 하고
잠시 쉼을 주는구나

또 걷다가
일본목련이라는 후박나무를 만났다
왠지 모를 마음 한켠에 남는 그 씁쓸함

흔하게 볼 수 있는
뒷끝이 아름답지 못한 백목련보다
청초한 그대는
오늘 행복한 산행의 길잡이로구나.

Are you ready

기름으로 달구어진 팝콘통에
작은 옥수수 알갱이가 쉼없이 돌아간다
몇바퀴가 돌아가야 터질까

물이 넘치도록
점점 더 적게 주전자로 붓고 있다
언제쯤, 몇 번째 방울이 이 잔을 넘치게 할까

오늘 중에 비가 내린다고 한다
몇시에 비가 내릴지 정확히 알 수 있을까
기상청은 잘 알고 있을까

언제 나에게 재정을 부어 주실지
언제 나를 하늘로 들어 올리실지
어느때에 신랑이 신부를 데리러 올런지

아침 출근길에 우산을 들고 나오듯
우리는 최소한 그 무엇인가를 준비해야 한다
내 발등에 떨어진, 가장 중요한 영생永生을 위하여

소돔과 고모라 같은 이 마지막 때에…

그루터기

내 다니던
시골 국민학교 울타리엔
드문드문 그루터기들이 있었다
그루터기에 앉으면 편안하다
그루터기에 앉으면 따뜻하다
핑음 쇳소리에 온몸을 송두리째 내주고
다시 못 볼 내 모습
밑동만 남은 초라한 내 모습에
하얀 속울음만 뿌리로 내린다
어느 여름성경학교 추억들
어느 크리스마스의 작은 선물의 기억들
6.25전쟁 후
교회가 사라진 북한 땅
그 어딘가에 남아있는 자들
고된 신병훈련 중 졸면서 들었던
몇마디 귀중한 말씀들이 가슴에 남아
이제 이 땅에 거룩한 씨가 되리라.

"들"에 대한 예찬

촌놈이어서 그런지
나는 "들"자가 들어간 것들을 좋아한다

들창가, 들장미, 들노루, 들기름
왠지 이런 것들이 좋다
참기름보다 들기름이 더 좋다

봄바람 불면
들로 나가고 싶어지는 건 나만이 아닐게다
분명, 들을 좋아하고 있다는 증거다

가을이 되면
둘다섯이 부른 먼훗날이란 노랫말에
"가랑잎 한 잎 두 잎 들창가에 지던 날~"이
내 마음을 살찌우게 한다

가공하지 않은
첨가물이 없는
있는 그대로 그 자체를 다 좋아하니까
나이가 들면 자연으로 돌아가야 하니까.

애기똥풀

묵은 나뭇가지 사이로
빼꼼히 내민 노오란 두 얼굴
넌지시 코를 대면
너에게서 모유母乳 냄새가 난다
동공을 아무리 크게 벌려도
찾을 수 없고
아무런 욕심도
세상 그 추악한 모습도 없는
우리 시은이의
그것을 상상함이란~
누구도
그다지 좋아하지 않는 너를
엄마는 킁킁거리며 행복에 젖는다.

연대예찬 · 1

언더우드의 기도로 시작된 곳
그리스도의 사랑이 깊숙히 스며든 곳
스물여섯 살 젊은 청춘들이
조선 땅에 첫 발을 내딛던 날은
1885년 부활절* 아침이었지
서양귀신이라고 손가락질 받아가며
은총의 땅이 될 것을 열망했던
그대들에게 온몸으로 감사의 예를 올린다
육신의 생명을 살리기 시작하고
무지를 깨우치기 시작하고
영생을 알려주고 떠난 그대들의 뜻으로
격랑의 세월 속에서 그 모든 아픔을 이겨내고
대한민국을, 세계를 이끌어 가는 연세인이여
이 땅에 또 다른 사랑을 심어서 귀한 열매를 거두라
오늘도
연세로 출근하는 이 아침이 기쁘다
담쟁이 냄새를 맡으며
교정을 한 바퀴 도는 이 아침이 참 기쁘다.

* 1885년 4월 5일 아펜젤러와 언더우드 선교사 인천 제물포항에 도착

연대예찬 · 2

백목련과 자목련이 어우러진
연희관 앞 뜰은 한 폭의 그림이다
입김으로 훅~ 훅~ 불어 놓은 듯
그 어떤 시성詩聖이 그냥 지나칠 수 있을까
빗발치는 포화속에서도
한 마리 나비가 날아가듯
백양관 앞 시끄러운 확성기 소리에도
직빠구리 부부는 연실 애벌레를 물어나르고 있다
매미소리 드높던 8월 어느날
점점 진해져가는 배롱나무꽃을 보며
어두운 시절 윤동주님의 솟구치는 젊은 피를 본다
광합성 작용를 마친 은행잎들이
곧게 뻗은 백양로에 나부낄 때
거친 담쟁이 핏줄이 보일 때
고뇌의 논문들도 하나 둘씩 영글어간다
갑자기 눈이 오지는 않을까
진눈깨비가 내려 새벽에 얼어붙지는 않을까
늘 마음 졸이다가 잠이 드는 사람들이 있다
목련이 다시 필 무렵
어느새 연세도 손바닥만큼 자라나 있다.

물들아

물은 배를 띄우기도 하지만
배를 엎을 수도 있다
작은 샘물들아
3.1운동처럼 곳곳에서 분연히 일어나라
거대한 급류, 거대한 파도가 되어
의인들은 걸러내고
거짓되고 가증스러운 것들
부활이 없다하는 자들은 온전히 쓸어버려라
물들이여
이 나라 온 땅에 구석구석에 스며들어
기다리고 기다리던 그날
4월 그날에
다시 대한민국의 배를 띄워
새로운 빛으로 찬연한 영광을 드러내라.

시은이*에게

말씀으로
완전하게 빚어 주신
하나님 감사합니다
기도 중에
태어나게 하신
하나님 감사합니다
거룩한 오른손으로
시은이를 마음껏 축복합니다
"너의 삶의 참 주인
하나님 그 손에 너의 삶을 맡긴다"
그 분이 만드셨으니
그 분 안에 사는 것이
가장 안전하고 행복함이라
지금처럼 맑고 밝게
옹달샘처럼 깨끗하게
룻처럼, 에스더처럼
주 안에서 승리의 깃발을 올리라.

* 시은이 탄생(2022.2.23. 10:15)

굄*

어느 날 갑자기
우리 집안에 찾아온 너
코로나로 자주 볼 수는 없었지만
가끔씩 꿈에도 왔다가는 너
보면 볼수록
더 아른거리는 새까만 눈망울
엄마아빠 눈 마주치는 순간
까르르 웃어 제끼는 너
가끔씩 한쪽 발을 치켜들고
발바닥을 보여주는 너
널 보면 그냥 웃음이 나고
네가 있어 저절로 힘이 솟아 오른다
최고의 선물을 주신 그 분께
감사~
감사~
또 감사를 올려드린다.

* 유난히 귀엽고 사랑스러움

우크라다윗의 승리*

결사항전 의지를
행동으로 보여준 젤렌스키 대통령

개전 나흘만에
귀국한 2만 2천여명의 해외동포들

자원입대를 위해 늘어나는 줄
화염병을 만들어내는 업체들
탱크 앞에 온몸으로 막아서는 용감한 시민들

결혼식을 마치자마자 총을 든 신혼부부
전투복으로 갈아 입은 젊은처녀와 주부들
울음을 참아내며 떠나는 어린아이들

하늘이 만들어 낸 머드*Mud* 장군으로

그대들은 이미 승리하였노라
우리는 너무나 부러웠노라.

* 러시아의 우크라이나 침공(2022.2.24.)

후시딘처럼

내 어릴적에
상처가 나면
얼른 쑥을 뜯어 돌에 찧어 붙이곤 했다
마데카솔, 후시딘이란 말은
성인이 되어서 들어본 게 전부다
그래도 며칠이 지나면
딱지가 떨어지고 깨끗하게 나아버렸다
지금 생각해도 너무나 감사한 일이다
날이 갈수록 빠른 속도로 달려가는
디지털시대, IT시대에
그 어떤 말이나 위로로도
달랠 수도, 싸맬 수도 없는 멍든 가슴
나의 입술이 후시딘이 되어
그 분의 말씀을 듣고
그대 가슴에 바르고 불어 주련다.

그대의 향기

이른 아침마다
간호대와 치과대* 사이를 지나며
오미크론으로 인해
냄새 회복이 어렵다고 했는데
수수꽃다리 그대가
은은한 감사와 위로를 준다
또 보름남짓 후엔
뚝뚝 떨어지는 모란의 자태를 보며
거듭되는 행복에 잠길테지
계절의 여왕 오월이 오면
나 다시 청춘으로 돌아가리라
장미를 보면서 정열을 노래하리라.

* 연세대 세브란스병원지역

그날*의 감격

60평생
TV를 보면서
밤을 꼬박 지샌적은 처음이다
조마조마하면서
설마설마하면서
끝까지 자리를
지켜낼 수 있었던 힘은
보수도 아니요, 진보도 아니다
그것은 오로지 누가 소중한
자유민주주의를 지켜낼 수 있는가이다
젊은이여 역사를 똑바로 보라
장년들이여 제대로 된 분별력을 가지라
온갖 부정과 투표현장을 보라
선관위까지 이렇게 할 줄을 어찌 알았겠는가
진리가 너희를 자유케 하리라 하신
그 분은 늘 정의의 편에서 승리하신다.

* 20대 대선투표일(2022.3.9.)

2부

생명의 길

경로이탈

깊은 계곡에 들어가
이정표 없는 곳에 홀로 서서
그야말로 우두커니
그저 하늘만 바라 본 적이 있었지
하늘은 왜 바라보았을까
하나님이란 단어조차 들어보지 못했던 시절
너무나도 먼 길을 왔기에
뒤돌아 갈 수도 없고, 어디로 가야하나
성공한 경로이탈
보이지 않은 이정표 그 푯대를 향하여
이제
보이는 이정표는 접어두고
제대로 된 후반전의 길로 들어가자
아름다운 나의 삶이여…

길

"길이 아니면 가지 마라"란 말이
최전방最前方에만 있는 것이 아니다

길이 있다고
길이 보인다고 그저 갈 일도 아니다

길이 없지만
어떤 길은 만들어서라도 가야할 길이 있다

어떤 길은 사람이 보기에 바르나
필경은 사망의 길인 것처럼

어떤 사람들은 여로보암의 길로 갔고
어떤 사람들은 다윗의 길로 갔다

나이가 들면
고집과 아집이 늘어나 굳은 살만 박힌다

이정표 없는 곳에
나 홀로 남았을 때
나는 어느 길로 가야만 하는가?

옥잠화

아파트 정원 소나무 밑에
아침이슬 먹은 그대를 보는 순간
문득
우리 할무니 뒷머리에
꽂혀있던 은비녀가 생각난다
돌아가시기 전날
세상 모든 때를 다 씻어버리고
곱게 차려 입으신 우리 할무니
이튿날
깨끗한 옷 한 벌 입으시고
옥잠화처럼 날아오르신 우리 할무니
오늘은
열 살 내 눈동자에 박힌
우리 할무니 얼굴이 다시 떠오른다.

청송대聽松臺의 아침

이른 아침
박새부부의 안내를 받아
오솔길로 접어든다
마스크를 손목에 걸고
눈물의 속도로 걸으며
서울 한 복판에서 허파와 허파가 만난다
6.25 때 서울탈환 시에
격전지이기도 했던 이 곳
차 소리도 없이
조용하다 못해 고요해서
소나무들 이야기 듣기에 안성맞춤이다
소나무는 알고 있다
안산 자락에 스며든 애환과 사연을
소나무 사이로 부는 바람에
눈, 머릿속, 마음속 구석구석을 씻어낸다
비운 곳에
사랑을 가득 담고 내려간다
저 세상으로…

멍석딸기

칠월이 되면
아버지 쇠꼴짐에 꽂힌
멍석딸기가 그리워진다
꼴짐 뒷꽁무니를 졸졸 따라가며
출렁이는 멍석딸기만을 바라보던
내 일곱살 적 눈망울
본래 딸기 주변에는
무서운 독사들이 똬리를 틀고
도사리고 있는 법
그 위험을 무릅쓰고 꺾었을
아버지 생각은 저 멀리 두고
그 무거운 꼴짐에 짓눌린
아버지 어깨는 고사하고
오늘밤은
"옛다~"하고 던지시던
그 멍석딸기를 꼬~옥 안고
내 어릴 적 아버지를 만나고 싶다.

별내 맹꽁이

여름비
세차게 내리던 날

갑자기 아파트 분리수거장에서
매애앵~ 매애앵~ 소리가 들려왔다

맞은편 단지에도 입주가 끝나고
녀석들 살 곳이 없을텐데

살살 숨죽여 다가가니
시커먼 맨홀뚜껑 속에서
두 마리가 연거푸 울어대고 있다

시멘트에 집을 다 빼앗기고
억울해서 떠나지도 못한 채
자기 집 내놓으라고 울어대는 모양이다

시골에 사는 맹꽁이는 집 거정이 없는데…

생명이 된 수통

맹렬한 전장, 피 흘림 속엔
식량보다 더 절실한 건 물이다
소대장이 물을 찾아 헤매는
한 병사를 발견했다
물통을 꺼내들자 우르르 몰려드는 병사들
반통밖에 남지 않은 수통을 첫 번째 병사에게 건넸다
벌컥벌컥 넘어가는 소리에
순서를 기다리는 병사들은 애간장이 탄다
쫄병부터 시작된 수통*이 다시 돌아온 순간
소대장은 너무나 놀라 말을 잇지 못하고
병사들 얼굴만 바라보았다
한 걸음 앞으로 다가 선 그는 뜨거운 눈물로
한 명, 한 명의 병사들을 안아주기 시작했다
어찌 이런 일이 있을 수 있단 말인가
그리고 이런 일이
어찌 전장戰場에서만 있어야 할까.

* 다들 마셨지만 여전히 반통의 물이 남아 있는 수통

소양강 폭포

소양강처녀 치맛자락처럼
솟아오르는 물보라가
거대한 물소리를 휘어감는다
수십년만에
작은 철조망 사이로
찰칵거리며 바라보는 장관이여
포탄 세례에도 끄떡없는 사력댐*
100년 앞을 내다보고 만들어 낸 두 영웅
전산의 전電 자도 들어보지 못했던 시절
전산시스템까지 갖춘 걸작품이여
비정상적인 것들
거짓과 부정과 사악한 마음들
꼬이고 꼬인 이 나라 정국들은
저 거대한 폭포속에 시원하게 날려버리라.

* 자갈 + 진흙(심지) + 돌로 건설(1967년 착공 1973년 완공)

소쩍새 노래

못자리와 이별을 한지
두어달 남짓
달구어진 논물로
품고 있는 벼이삭을
어떻게 알았을까
이쪽 저쪽
시원한 계곡바람
시새워 알리는 풍년가 소리에
고된 하루를 마친
도시자락 끝
저녁 산책길이 풍요롭다.

무아라* 반딧불이

코타키나발루의 썬셋을 삼켜버린 까만밤
소리를 죽여 강가로 미끄러져 들어간다
하늘의 별은 그 빛을 더해가고
맹글로브 나무 숲*은
거대한 크리스마스 트리가 되어
반짝반짝 빛나기 시작한다
하늘의 별만큼이나 많아진 반딧불이는
강릉 경포호의 달처럼
그대의 눈동자속에도
물속에도 들어가 반짝거린다
어릴적 시골 마당에
수없이 날아다니던 그 개똥벌레가
하얀 병속에서 빛나던 그 녀석들이
지금 다시 내 눈앞에, 내 손바닥에서
추억의 빛을 내고 있다.

* 강과 바다가 만남(코타키나발루 지역의 언어)

* 지구의 허파(지구의 탄소 저장소, 일반 숲의 3~5배의 산소 발생)

시루섬의 기적*

내 어릴적
대홍수를 지금도 기억하고 있다
떠내려가는 지붕에서 손짓, 발짓
소리치는 아우성은 안타까운 눈물로 이어지고
소와 돼지 등 가축들도
흙탕물속으로 모두 빨려들어갔었지
여주까지 이어지는 강물위로 떠 있었던
육군헬기 10여대가 연실 사람을 구출하고 있었다
우리동네 상류 시루섬에서 이런일이 있었다는 걸
50년이 지나고 이제야 알게 되었다
추위를 견디기 위해 밀집하는 남극의 펭귄들처럼
압사된 아기를 껴안은 채 슬픔을 삼킨 엄마
갓 돌지난 그 어린 희생으로 197명은 살아나고…

* 충북 단양읍 증도리에 있는 섬(6만 m^2)에서 지름 4m, 높
  이 7m 물탱크 위에서 주민 198명이 팔짱을 낀 채 14시간
  (1972.8.19.15:00~20.05:00)을 생존한 기적

임진강

추적추적 비 내리는 오후
황포돛배 한 마리
어지러운 강물을 휘젓는다
말도 힘들어 쉬어가는 곳
마식령에서 태어나
속울음을 참아내며 예까지 왔구나
머얼리
삼국시대부터
이리떼 모여 들던 곳 호로강*가에
고루성 만들어 당당하게 지켜냈구나
정의의 물이 되어*
마르지 않는 강이 되어
언제나
올곧은 공의의 허리띠가 되어다오.

* 옛 임진강 이름

* 아모스 5:24

우생마사牛生馬死

어린시절
학교에서 돌아와
풀뜯기고 꼴베고 쇠죽 끓이는 것은
늘 우리들의 몫이었다

그래서인지
나는 말방울소리보다 워낭소리가 더 좋다

촌에서 말은 볼 수도 없었지만
소는 늘 우리의 한 식구였다

느릿, 느릿
한 걸음, 한 걸음 우직하게 걷지만
발자국마다 놀라운 지혜가 담겨있다

앞을 보면 아무것도 할 수 없을 것 같지만
뒤를 돌아보면 할 수 있는 것이 너무나도 많다

문득, 어두운 터널을 지나 출구에 선 나를 발견한다

코로나가 물러갈즈음
안전한 강가에 우뚝 선 소처럼.

장대비

주르륵 주르륵
빗자루 마당쓸 듯
빌딩 숲 이리저리로 내리는 빗물
주르륵 주르르륵
어느새 내몸으로 흘러
케케 묵은 찌꺼기를 하나 둘 씻어낸다
신나게 드럼을 두드린 것처럼
시원한 맘으로 창밖을 보며
뜨거운 커피를 식히고
그렇게 그대는
팔짱끼고 서 있는 나를 위로한다.

코뚜레 없는 소

내 어릴 적 아버지는
노간주 나무를 아궁이 불에 구워
코뚜레를 만드셨다
유태인이 할례를 거쳐 성인이 되듯
마구 날뛰던 그 송아지는
코뚜레를 하고서야 어미소가 되었다
오늘 어느 컬럼에서 본 글이
가슴을 울리며 뇌리에 남아돈다
그대들은
군사를 다 내주고 과연 어떤 평화를 얻고자 하는가
경제성장은 버리고 복지분배로만 간단다
화수분같은 재화는 어디서 나오는가
어느 누가 제대로 된 소를 키울 것인가
이런 코뚜레 없는 소를…

흘려보냄

요즘들어
흐르는 물은 썩지 않는다는 속담이
더 가슴에 와 닿는다
갈릴리 호수는
헐몬산에서 들어 온 물을
끊임없이 요단강으로 내보내지만
사해死海는
사방에서 흘러 온 물을
가두어 두고는 모른체 한다
그 무엇인가를
어딘가로 흘려보내고 싶다
여울이 산소를 녹여
물고기를 살게 하듯이.

높은 구름위에서

안타까운 마음으로
한편, 가벼운 마음으로 내려다 본다
바다와 대륙사이로 미사일이 날아 다닌다
여기저기서 번쩍번쩍 쿵꽝쿵꽝 한다
가끔씩 땅이 갈라져 쓰나미가 일어나고
화산도 터지며 거대한 화재도 발생한다
사막에 흰 눈이 덮이고 알래스카에선 에어컨을 켜고
만년설과 빙하가 녹아 사라진다
알 수 없는 전염병이 생기고
새로운 코로나 바이러스가 나오고
폭설폭우, 토네이도가 우리를 삼켜버린다
소돔과 고모라 땅, 폼베이처럼
동성애자들이 서로 엉키고
24시간 불야성이 한 두 곳이 아니다
세상이 아무리 요동을 치고 난리를 쳐대도
안타까운 마음으로
한편, 여전히 편안한 마음으로 내려다 본다.

어쩌란 말인가

에어컨 켜는 알래스카
하얀 눈 덮인 사하라 사막을
우리로 어쩌란 말인가
오렌지만한 우박이 떨어지고
모세혈관까지 스며드는 초미세먼지를
우리로 어쩌란 말인가
예전에도 이런 일이 없지는 않았으나
예사로움을 넘어 아주 우리 가까이에
소름끼치는 동성애同姓愛자들로 넘쳐남은
우리로 어쩌란 말인가
다시는 홍수로 인간들을 멸하지
않겠노라 하시던
그분의 말씀이 생각나는 오늘
아무도 알 수 없는 내일일에
두려움과 신비함이 공존하는
폼페이의 인간화석을 바라보며
이번에는 무엇으로,
어떤 것으로 멸함의 손을 높이 드실까.

3부

익어감

도서관 가는 길

초등학교 어린이처럼
간식 하나 넣은 가방을 둘러 메고
리시버에서 들려오는
기분좋은 음악소리에
단풍잎새로 비치는
가을 햇살을 받으며
별빛도서관으로 간다
한 달 남짓
다니던 이 길이
더 없는 행복의 길이다
오늘은 지척에서
산 비둘기 한 마리를 만났다
가까이 다가가도 피하지를 않는다
그에게 말을 걸었다
"내가 좋으니?"
다친 것도 아니다 눈이 말똥말똥 대답을 했다
좋은 친구하자~ 한 컷 찰칵!
지각없는 도서관 길에 30분 지각을 했다.

서원예찬*

촌이지만
촌스럽지 않은 이름이어서 좋다
지광국사智光國師라는 최고의 승僧이 계셨다는 마을
도동서원道東書院이 있었다는 마을
늘 봄가을 소풍장소였던 마을이
내 고향이어서 좋다
떼놈들을 쳐내고
쪽발이 놈들을 이겨내고 공산당놈들을 물리친
속이 텅 빈 천년 된 그 느티나무는
아직도 마을을 지키고 서 있다
까다롭지 않은 현계산 자락
강바람을 막아주는 석산石山이 있어 아늑한 곳
참외와 토마토를 던지며 놀던 물을
서슴없이 벌컥벌컥 움켜 마셨던 앞 개울
석산으로 해가 지고
집집마다 연기 솟아 올라
고사리골 모퉁이에 우리집 암소 워낭소리 들리면
바깥마당에 대고
"그만 놀고 들어와 저녁 먹어라~"
외쳐대던 ㄱ 목소리에 눈물이 흐른다.

* 강원도 원주시 부론면 법천2리 법천사지(고려시대 2번째 큰 절)

연세대 수탉

이른 아침 출근길에
낮 시간에도 우연찮게
홰를 치며 힘차게 솟아오르는
수탉의 울음소리를 듣는다
요즘 시골서도 듣기 어려운 것을
이 곳 서울의 한 복판에서 듣는다
미우관*에 근무하는 것이
이 얼마나 큰 행운인가
작은 언덕이 있는
허름한 닭장에 가 보지는 않았지만
그 소리만으로도 힘이 솟는다

연세대 수탉소리는 하루의 희망이다.

* 이윤재관으로 변경

키질

가을 해질녘
학교에서 돌아올 때면
집 마당 한켠에
수건을 질끈 동여맨 어머니의
키질하는 모습을 보곤했었다
그 옆에 쪼그려 앉아
반질반질한 콩과 녹두와 수수를 만지작거리며
무어라고 지껄이던 일이 생각난다
쭉정이는 아무짝에도 쓸데가 없는기라
왕겨처럼 아궁이에 처 넣을기라
사람도 마찬가진기라
하시면서 연실 키질을 하셨다
뜨거운 불에는 들어가지 말아야지
어린 내 머리속에 또렷이 새겨진 기억
마지막 때가 이때라
알곡과 쭉정이가 서로 오버랩 되는 순간
꺼지지 않은 불못에 던져 넣으리라
이 세상 모든 쭉정이들을…

아름다운 제주 청년*

나도 이제 갱년기인가
가을비 내리는 오후
호수가를 돌다가
하늘나라로 간 제주 청년이
빗방울에 겹쳐지며 눈물이 난다
그 짧은 시간
피지도 못한 그 얼굴, 부끄럽고 미안해진다
한참 응석 부려야 할 나이에
엄마를 먼저 보내고
엄마품이 그리워 그 고귀한 사랑을 전해주고
따라 갔구나
또 눈물이 난다
예수님을 사랑했던 그 청년
어두운 세상에 빛이 되어 준 그 청년
몸소 그 사랑 전하고 하얀 찔레꽃 되었네.

* 故 김선웅(20세) : 18.10.3. 03:00, 수레 끌던 할머니를 돕다가 교통
  사고로 천국에 감. 장기기증 약속(9살때)대로 7명을 살림.

숨은 영웅들

보이지 않는 곳에서
소중한 목숨을 가볍게 여기며
나중에 알려지게 되는 그대들
우주복같은 방호복을 입고도
감염되기도 하고 죽기도 하는 곳에
다들 다가가기 꺼려하는 그 곳에
자원하여 달려가는 그대들
태안 앞바다*를 다시 살린 대한민국의 힘
재난이 날 때마다 한숨만 쉬고 있는 그 곳에
눈물을 닦아주고 희망을 선물 했던 그대들
역학조사관, 의료진, 구급대원
목소리가 쉬도록 눈물로 기도하던 그대들
이름없이 빛도없이 도운 그대들
이 밤에도 하늘에서 지켜보고 계셔
헤아릴 수 없을 정도로 다 갚아 주시리라.

* 대형 기름유출사고 발생(2007.12.7.)
  100년 걸릴 거라던 것을 130만 자원봉사자의 힘으로 2년만에 사고
  前 수준으로 회복시킴

수수팥떡

언젠가
이름조차 사라진 네가
비 내리는 오늘저녁 문득 생각이 난다
10살까지만
얻어 먹었던 어머니표 그 이름
그래서 동생의 생일날을 기다렸었지
케익, 파스타, 신발대신
오로지 한 가지 선물
너를 기다림에 하루가 너무나 길었었지
친구와 다투게 되면
부르게 되었던 그 추억의 노랫말
"우리집에 와 봐라~ 수수팥떡 주나봐라~"
그속에 담긴
엄마의 사랑을 먹고
그날밤은 그렇게 행복하게 잠들었었지
다시 아홉살로 돌아가고 싶은 이 밤에…

익어감

말갛게 익은 홍시 속으로
훤하게 11월의 성숙함이 보인다
단단한 푸른감 속엔
고집과 아집이 꽉 들어차 있다
지나가는 어느 길손에라도
주고싶은 마음이 솟아남은 웬일인가
움켜쥐는 것은
추하게 늙어감이니
죽기까지 그 손을 펴지 못함이라
성령의 칼로
귀의 할례를 받고
마음의 할례를 받아
12월의 저녁노을을 보니
익어가는 주름살이 더 아름답게 빛난다.

세잎과 네잎 사이

너 그거
몇 개나 가지고 있어
아마 서너개 있을 걸

그 서너개는
우리와 친근하게 살아가는 말이다

길을 걷다가
우연이 크로버가 보이면
으레이 눈동자는 네 잎을 찾아 헤맨다

도대체 행복은 어디에 있는걸까
세잎일까 네잎일까
세잎과 네잎 사이에 있는걸까

널려있는 것이 세잎인데…

행복 · 1

자유와 안전, 재화가
행복의 조건이라지만
흐뭇함, 여유로움이 아닐까
공리주의자 벤담은
최고의 행복을 주장했었지
나 이제
행복이란 것에 묻혀 살고 싶다
꽃향기 내려앉은 벤치에 앉아
커피 한 잔 들고 눈 감으면 행복할까
수영장 있는 저택을 가지면 행복할까
행복은
멀지 않은 나의 발 밑에서
내가 열어놓은 창문을 통해서 들어온다
하나님을 굳게 믿어
우주에서 가장 강력한 분이 나의 빽이시니
불행이 없다고 한 천상병 시인의 싯구가 답인 것을
육십이 되어서야 알았다.

행복 · 2

앰블런스 산소호흡기를 쓰면
시간당 36만 원을 내야하고
두 다리로 걸으면서
공기를 공짜로 마시면
하루에 860만 원을 버는 셈이고
안구 하나 바꾸는데 1억
심장 바꾸는데 5억 등
건강하게 걸어다니는 사람은
51억 재산을 가진 것과 같다는
"일상의 기적"*을 생각하면
감사란 말이 저절로 나온다
감사할 줄 아는 사람만이
행복을 느끼며 살아갈 자격이 있다.

* 故 박완서씨의 글 내용 중

배롱나무꽃

연꽃이 피어 날 즈음
때 맞추어 배롱꽃도 피어난다
아름다운 고택 한 켠에
꽃사슴처럼 매끈한 다리를 꼬고 서 있다
백일동안
떠나간 벗을 그리워하는걸까
저녁에 꽃잎 하나 지고나면
아침에 꽃잎 하나 피어난다
암탉을 잡으면 볼 수 있는 알집처럼
콩알만한 것들이 순서를 기다리고 있다
하루 한 알씩
여름의 뙤약볕을 받아내고 나면
서늘한 바람 불어 오겠지.

모과

은은한
가을 햇살에
파란 구름사이로 비친
그대를 바라다 본다
그 곱던 연분홍꽃이
단단한 줄기속에 잠겨
긴 시간 뙤약볕에 숙성 되더니
늦가을 곁에 다가와
노오란 참외가 되어
그윽한 향기를 내뿜는다
못 생긴 굽은 나무가
고향 산을 지킨다 했던가
끓어 오르던 가래을 삭혀 준
시골 우리 어머니 품같은 그대여.

떨켜*

한 여름 검푸른 나뭇잎들이
하늘을 찌를 듯 무성하지만
늦은 가을 찬바람 불면
이별을 위한 준비를 해야만 한다
잠시 헤어짐은
살기 위한 위대한 포기요
더 큰 성장을 위한 아름다운 아픔이다
나무도 겨울잠을 잔다
혹한을 견뎌 낸 그대의 공로로
가지끝마다 연한 연둣빛으로 봄을 알린다
어머니가 그랬고 아버지가 그랬다
가슴 시린 어느 날 든든한 바람막이가 되어…

* 일명 얼음세포라고도 함. 낙엽이 질 무렵 가지와 나뭇잎사이에 생기는 특수한 세포층으로 혼자 추위를 끌어안고 다른 세포를 살리는 역할을 함. 이른 봄 가뭄에도 수분을 공급하여 싹을 틔우게 함.

A tempo

지금도
음치音治의 수준으로 살고 있지만
중학교 때 배운
라르고와 프레스토가 생각난다
느리게 사는 것이 장수長壽를 한다지만
빛의 속도의 시대에 가당치나 하겠는가
어느 것에나 중심이 되는 것이 있다
속도의 기준은 아 템포가 아닌가
독일에는 아우토반이 있다지만
느려서 문제가 되는 것보다는
빨라서 화를 일으키는 것이 훨씬 더 많다
"가슴을 닫고 돌아서 오던길로 가리라" 노래처럼
이제는 돌아가자
가슴이 시키는대로, 내가 서있던 그 자리로.

도돌이표

음치에게
도돌이표가 무슨 소용이랴
처음으로 돌아가라는
다시 반복하라는
그 의미는 알겠는데
내 삶에서는 왜 잘 안되지
교육방법 중
가장 중요한 것이 반복교육이라던데
처음으로 돌아가자
초심으로 돌아가자
그래 백번, 천번, 만번이라도
그냥 해보자
곰발바닥이 된 축구선수처럼
울퉁불퉁해진 어느 발레리나 발처럼.

늦가을 사색思索

은행나무 벤치에 앉았다
툭~ 툭~ 후두둑~ 후두둑~~~
공항에서 몸 수색하듯
머리, 어깨, 콧등을 스친다
그 중에 운 좋은 놈 하나
안경 코걸이에 걸렸다
애는 어떻게 나에게로 올 수 있었을까
잠시 눈을 지긋이 감고
잡는 것과 놓는 것
움켜 쥐는 것과 펴는 것
받는 것과 주는 것
어느 것이 편한 것인가
풍부함과 비천함
배부름과 배고픔
낙심落心과 락심樂心
푸르름과 익어가는 것
나를 풍부하게 해 줄 일체의 비결은 무엇인가.

더 많아지는 눈물

오십대 후반이 되니
눈물샘이 더 많아지나보다
나는 내가
제일 어렵고 힘들게 살아왔다고 생각해왔다
초등학교 3학년 때 처음으로 흑백사진을 찍었고
고등학교 3학년 때 우리집에 전기불이 들어왔다
그런데,
안 보이던 사람들의 마음속을 들여다 보니
내 눈물은 눈물도 아니다
그 눈물들을 닦아주고 싶다
더 많은 눈물을 찾아서
그래도
고맙고 고맙다, 감사하고 또 감사하다
적게 가졌지만 그래도 감사하다
결실한 포도나무와 어린 감람나무가 있어서 감사하다
오십대 후반이 되니
눈물샘이 더 깊어지나보다.

4부

그대 그림자

2번 나무식탁

우리 모두가 그러하듯
나도 일본을 그다지 좋아하지 않는다
하지만,
홋카이도의 북해정北海亭 식당은
언젠가 한 번 꼭 가보고 싶다
예전에 읽었던 우동 한 그릇*을
다시 읽어보니 너댓배의 감동이 몰려온다
우동국물보다 뜨거운
식당 주인 부부의 아름다운 그 마음
지저분한 나무식탁을 치우지 않고
십여년을 기다리는 마음

날이 갈수록 사나워지는 세상
추워질수록 따스한 곳을 찾아
사람 냄새가 그리워지는 요즈음에.

* 일본 국회와 열도 전체를 울린 단편소설
  (1989년 발표, 저자 : 구리 료헤이)

과속하지 마라

올해
내 나이 환갑還甲이란다
태어남과 동시에
경제개발 5개년계획이 시작된 해
그 해로 다시 돌아왔단다
열 살 되던 해
초가에서 스레트로 변한 우리집
쌀밥을 맘껏 먹으라던 아버지 말씀에
나는 너무나도 행복했었지
이 가난을 떨쳐버리려고
없는 살림에 머리를 싸매었고
과속의 아슬아슬한 질주속에
시간의 향기를 누리지 못했었지
60년 세월로 이룩한 이 풍부함이란
에벤에셀의 하나님께 감사하며
이제라도 시간의 향기를 제대로 누리자.

사자굴에서도

죽음을
눈앞에 두고 기도하는 그대
당겨진 화살 앞에 선
그 담대함으로 나아가는 그대
약할 때 강함주시는
흔들리지 않는 견고함으로
30일 쉬는 것
누구든지 할 수 있건만
코로나 핑계로
예배참석을 멈출 수 있지만
기도 멈추는 죄를
범하지 않은 다니엘처럼
나~ 하나님이 찾으시는 예배자 되리
나~ 하나님이 원하시는 예배자 되리라.

슬픈 십자가

호국보훈의 달
저녁 TV뉴스를 보다가
슬픈 십자가를 보았습니다
전쟁이 난 것도 아닌데
브라질 그 아름답던 해변*이
오색파라솔이 깔려 있어야 할 해변이
슬픈 십자가 밭이 되었습니다
걷잡을 수 없이
퍼져나가는 코로나에, 다급한 상황에
날이 새자 해변은 거대한 공동묘지로 변했습니다
구름도 휴가를 갔는지
내리 쬐는 따가운 햇볕을 가리어 주지 않습니다
거기에도
어떤일이 있어도
유비쿼터스 하나님은 계십니다.

* 브라질 유명한 코파카바나 해변

아버지의 달

정월正月 열나흘
아버지* 생신날이다
서러움이 이는 보름달속에
아버지 얼굴이 보인다
일곱 살 때 돌아가셨다는 할아버지
그래서 더 가슴이 아프다
내 임관 하기 아홉달전
아무것도 해 드릴 수 없던 그 때에
갑자기 떠나신 아버지
그래서 더욱 더 눈물이 난다
야학夜學 열정으로 글을 깨우치고
압록강 두만강 일대를 두루 다니셔서
사리에 밝고 견문도 넓으셨지
장구치는 동네 가수로
잔치마당마다 불려 다니셨지
설날부터 사흘동안 십리길도 마다 않고
검은 두루마기에 이웃마을로 세배를 다니셨지
오늘은
그 아버지가 그립다
구수한 땀 냄새가 밴 두루마기를 입고 싶다
오곡밥에 아홉가지 그 나물을 먹고 싶다.

* 천국행 열차 탑승하심(1984.6.6)

78

아버지의 등

점점 작아지셨던 아버지가*
이제는 꿈속에서만 보이신다
아가손처럼 보드랍던
그 아버지의 손을 만져보려고
지금은 허공에다 대고 그저 휘젓기만 한다
불가佛家에서 믿음의 명가名家로 우뚝 세우기까지
그 얼마나 많은 싸움을 하셨을까
상대도 없는 그 외롭고 긴 싸움을
장모님과 떨어지신 후
자식에게도 말할 수 없는 그 마음, 그 컴컴한 밤을
어찌 견뎌 내셨을까
승리하셨네~ 끝내 승리하셨네~
온화함으로 넉넉한 웃음 지으시며
다 이겨내시고 주님품에 안기셨네
늦은 갱년기인가 자꾸만 눈물이 난다
오늘밤 살포시 안고 쓰다듬는다
보고싶고 따뜻한 아버지의 등을…

* 장인어른 : 천국행 열차 탑승하심(2018.12.24.)

어떤 꿈

좀처럼
꿈을 꾸지 않는 내가
오늘새벽*
모니터가 빽빽한 상황실에
국방부합참 상황실장이 되어 있었다
좀처럼
욕을 하지 않는 내가
나도 놀랄정도로 욕을 해 대고 있었다
"야 이새끼들아~ 정신차려~ 졸면 죽는다~
코로나는 몇 백명 죽지만, 전쟁터지면 다 죽는다~
이 새끼들아~ 빨리 전화 해 빨리~"
상황실뿐만 아니라
중대한 지시사항을 메일로 하달했는데
아무도 열어보지 않고, 전화도 받지 않는 사실에
나는 더 화가 나 있었다
어제 북한이 동해상으로 쏜 미사일 2발이
내 뇌리속에 박힌 것일까
국방부장관이 꾸어야 할 꿈을 나에게 준 모양이다.

* 2020.3.4. 05:00

80

어떤 렌즈

보지도 못하고
느끼지도 못하던 세상을
VR(가상현실)이라는 걸로
새로운 체험을 한다
몽골 사람은 최고 8.0의
시력을 자랑한다지만
우리의 시력검사표엔 2.0이상은 없다
황반이 2개인 매의 눈은
사람보다 여덟배까지 멀리 보기도 한다
그러나,
보이지 않는 것을 볼 수 있는 것이 있으니
마음까지 꿰뚫어 볼 수 있는 렌즈가 있으니
우리 다같이
이 렌즈를 끼우고
시기 질투 고통의 멍에를 내려놓고
아름답고 행복한 사랑의 노래를 부르자.

어떤 여인

아내가 아닌
어떤 아름다운 여인의 가슴에 안기고 싶어라
하얀목련
그 그림자를 돌아서
눈부신 그 여인의 목덜미를 끌어안고 싶어라
하얀 찔레꽃 한 아름 꺾어
마르지 않는 그대 꽃병에 꽂아두고
오월의 붓꽃 그녀 가슴에 꽂아
보랏빛 향기에 취하고 싶어라
보일 듯 말 듯한 갈대 숲 길
저만치 앞서가는 그대 달 그림자 바라보고
긴 겨울밤 그녀의 옛이야기 들으며
웃다가 울다가 그대로 잠들고 싶어라
아내가 아닌
어떤 아름다운 여인의 가슴에 안기고 싶어라
어머니, 어머니, 나의 어머니!

에어 앰블런스*

석해균 선장,
이국종 외과의사,
김규환 해군대위와 UDT 대원들
이름만 들어도 울컥울컥 한다
"나는 내 일을 했을 뿐이다"
진정한 영웅들이 하는 말
선장은 선장대로~
의사는 의사대로~
군인은 군인대로~
1명의 피해자도 없었던
완벽한 구출작전
군복을 입었던 사람으로서
너무나 자랑스러워서
그 이름을 되뇌이고 되뇌인다.

* 아덴만 여명작전(2011.1월)과 스위스(4억 4천만원)

오늘이 소중한 이유

오늘 이 하루
누군가는 죽고 누군가는 태어난다

백년도 힘든 것을
천년을 살 것처럼 부질없는 오늘이지만

평범한 것이 얼마나 소중한지
벼랑 끝에 서 보면 알 듯이

한 번도 경험하지 못한 날
오늘은 삶의 기초를 놓는 날
오늘은 내일의 디딤돌을 놓는 날이니까

그 분이 주신 고귀한 선물이기에
만나를 주어 하루를 살게 하셨기에
이 땅에서 마지막 날이 될 수도 있기에

서두르지도 말고 게으르지도 말자.

외발 비둘기

서리가 내려
손 발이 시린 어느 날
차가운 공원바닥
모여 든 비둘기 가운데
뒤뚱뒤뚱하는 한 마리 있네
날 때부터 그랬을까
그물이나 덫에 걸렸을까
곧 추워지는데 잘 견뎌낼 수 있을까
한 쪽 다리가 있어 다행입니다
성한 두 날개가 있어서 감사합니다
닭비둘기는 되지 않을께요
그러니 그렇게 바라보지 마세요
구구구구~ 구구구구~
문득, 레나 마리아의
「발로 쓴 내 인생의 악보」가 떠 오른다
오늘을 감사로 사는 그대여
내일을 긍정으로 가는 우리네 삶이여.

중환자를 위한 기도

언제 숨이 멈출지 모르는
중환자실에 들어왔습니다
가장 중요한 뇌질환을 위해 기도합니다
먼저 뇌피셜*을 없애 주시고
막힌 귀를 열어 주님의 음성을 듣게 하옵소서
두 번째, 심장을 위해 기도합니다
불규칙한 박동을 고르게 해 주시고
딱딱한 심장을 부드러운 심장으로 바꿔주옵소서
세 번째, 소장과 대장을 위해 기도합니다
유익균과 유해균이 균형을 이루게 하시고
동성애 바이러스를 비롯한 뚱보균 등
불필요한 모든 기생충들을 멸하여주옵소서
그 중환자는 대한민국입니다
종합병원이라 불리는 대한민국입니다
전능하신 유비쿼터스의 하나님
우리도 눈물콧물로 기도하겠습니다
치료의 하나님이여
하나씩 하나씩 고쳐주옵소서
매일아침 가장먼저 나라와 민족을 위해 기도합니다.

* 객관적인 근거없이 자신의 생각만을 주장하는 신조어

코로나19*

연세대 입구에 들어서면
커다란 바위가 우리를 부른다
"진리가 너희를 자유케 하리라"
참과 거짓을 분별하는 것이
그렇게 어려운 것이 아닐진대
배웠다고 하는 이들이 더 속이고, 속고
어두운 그림자에, 안개 속에 숨은 채
양성과 음성에 짓눌려 울고 있다
땅을 정복하라 만물의 통치권을 주었거늘
왜 날이 갈수록 점점 거짓의 노예가 되어가는가
언젠가는 드러나게 될 것을
돌이킬 수 없는 눈물로 남게 될 것을
그렇게 의술이 발달하고 IT기술이 첨단을 달려도
한 갓 바이러스에 속수무책인 것을
다른 신神들을 벌罰하기까지 하신 그 분이
신천지를 멸하실 때가 된 모양이다.

* 2019년 12월 중국 우한시에서 발생한 호흡기 감염병

코로나와 단팥빵

"자기야! 문고리에
뭐가 걸려있는지 한 번 봐봐~"
하는 아내의 통화를 듣다가

번개처럼 달려나가
집어든 단팥빵 한 개

이것이 바로
하나의 작은 행복이 아니던가

갇혀진 동토凍土를
녹여 줄 아름다운 감동이

하얀 비닐 봉투속에

찬 바람 부는 날
심부름을 마다하지 않은
그 딸의 손과 발에

고스란히 들어 있었다.

한 걸음 뒤에서

앞으로
앞으로만 가면
볼 수 없는 것
한 걸음
한 걸음 뒤에서
못 보던 것을 보네
그 분이
우리의 코뚜레을 당기면
당황스럽기도 하지만
어디로 가야하나
어느 길로 가야하나
앞이 보이지 않을 때
한 걸음 뒤에 서 보자.

활명수活命水

약국조차 없던 시골마을
귀 떨어지게 추운 밤
아버지 심부름으로
눈물을 머금고 달렸던 기억이 난다
아픈 배를 부여잡고 뒹굴다가도
그저 그대를 의지하여 기운을 차렸지
또 설날*이 다가온다
이제는 옛날처럼 음식에 욕심이 없다
120년동안 우리를 살려 낸
작은 몸 그대를 가슴에 꼬옥 품는다
우리는 지금 어린아이부터 노인들까지
추운 겨울, 밤마다 급체를 당한 채 울고 있다
설날은 분명 설레이는 것이 맞는데
올해 설날은 왠지 설레기는커녕 씁쓸하기만 하다
이 나라를 살려 낼 그 활명수는 어디에 있을까.

* 박근혜 대통령 탄핵기간 중 설날(2017년)

90

앞치마의 힘

행주치마
임진왜란
　·
　·
　·

앞치마
옛적엔 어린아이 콧물을 닦아 주었지만
지금은 식당에서 손님들의 필수품이 되었지
주방에서, 청소할 때, 작업할 때, 그림 그릴 때
가장 먼저 용감하게 나타나
구정물을 막아내는 방패로
무엇인가를 하려는 의지를 보여주는 그대
이 아침에도
그대의 힘은 대한민국을 춤추게 한다.

5부

소중한 사람들

오늘의 생지옥*

인터넷 동영상을
보다가 눈을 의심하며
전쟁터가 아닌 비참함을 본다

시내 공터
노천 화장장에 코로나 시체를 올려놓고
장작불로 그냥 태우고 있다

들것에 실려와서 내 던져지고 있다
그들은 갠지스강에도 떠다니고 있다
그곳엔 부모형제 유족도 없다

아우슈비츠도
이러지는 않았으리라

갠지스 강의 낭만은 어디가고
점점 더 마지막 날이 다가오는가

사랑하는 가족에게 둘러싸여
평온하게 떠나고 싶었을텐데

저 죽음은 삶에게 무엇을 이야기 하는가?

* 인도 코로나 현장(하루 35만명 확진, 3천명이상 사망)

조문사절

출근 길 아침
마지막으로 슬픈 너의 얼굴을 만져보았지
기도로 시작하고 기도로 끝을 맺는구나
온 종일 눈 앞에 아른거리는
녹색바탕 50가 5917*
철원 남방한계선까지 달리고도
끝내 북쪽 땅을 밟지 못해
아쉬움이 크지만
신발을 서너 번 갈아신으면서도
아프다 불평 한 마디 없이
지구 6바퀴 반을 넘게 달렸지
한증막같은 아스팔트 위에서
남극보다 더 혹독한 냉골에서
아차 하는 순간 몸을 내던져서
나와 우리 가족들을 지켜냈었지
온 몸에 피를 흘려 보내는 심장처럼
작은 키 하나로 헌신의 엔진을 달구었었지
사랑한다 50가 5917
또 다른 키를 꽂을 때마다 너에게 훈장을 준다
아름답고 영원한 감사의 훈장을…

* 16년간 270,745km를 달리고 퇴역한 애마(산타페)

특별한 관계

시간이
온 종일 걸린다 해도
가야만 하는 길이 있다
비록
코로나가 걸린다 해도
가야만 하는 곳이 있다
일 주일에
한 두 번 밥 먹던 사이
자기의 삶을 거리낌 없이 주고받던 사이
바쁘고 넓은 세상에서
월남전에서 전후방 각 지역에서
뿌려진 땀과 눈물을 이야기 했던
귀한 만남이었는데
야속한
마귀 질병은 이렇게도
마음을 분리시켜 놓는구나
선배님*~
천국에서 편히 지내시며
이 나라를 지켜 주옵소서…

* 임석규 소장님 (2022.2.18일 소천)

막대기 하나

국민학교 1학년 때
막대기 하나를 짚고 다닐때가 있었다
시골 구석에
목발이 있을리 없었고
잠시였지만 그 불편함이란
일제강점기 삼십육년,
바벨론의 칠십년과는 비교 할 수 없어라
이스라엘 막대기 하나,
유다 막대기 하나가
예루살렘으로 돌아와 하나가 된 것처럼
이 땅에 포성이 멈춘지 칠십년이 지났으니
南과 北이 하나가 될 때가 되지 않았나 싶다
한반도 산하 골짜기마다 묻힌 한 많은 마른 뼈들이여
이 밤 A클럽 B클럽에 모여서 광란하는 뼈들이여
일어나라~ 일어나라~
정신 차려라~ 정신 차려라~
지금은 하나의 막대기로 움직일 때라
이럴 때가, 이럴 때가 아니니라.

이전보다 더

골절된 곳이
다 나으면 뼈가 더 단단해진다
비 온 뒤에 땅이 더 굳어진다고 했던가
작은 장애물을 넘고 나면
웬만한 것은 아무것도 아닌 것을
껍질을 벗기는 아픔으로 가재는 커 가듯이
좁은 구멍을 뚫고 간신히 나온
나비의 날개가 아름다운 것처럼
마지막 암세포 한마리까지
태우고, 씻어내고, 말씀의 광선으로 비워
새로운 생명세포로 채우리라
지금은
무거운 짐으로 인해 힘겹지만
주님 주신 사랑으로
지게 작대기 짚고 일어서리라.

작전타임 作戰Time

지금도
난 축구를 좋아한다
골맛을 안다는걸까
어릴적
검정고무신에 새끼줄 감아
돼지오줌보로 축구하던 때가 생각난다
새끼줄이 끊어져
고무신이 허공으로 솟구쳐 오르면
우리는 한 바탕 웃어제꼈었지
정강이가 벗겨져 쓰리고 아려도
발톱이 여러번 빠지고 아파도
헛발질로 몸뚱이가 뒹굴어도 그저 좋았었지
이제 잠시잠깐
그 삶의 헛발질, 쓰린 가슴, 아픔들을
우아하고 아름다운 모습으로 다시 채우고 싶다
나를 지으신 이가
나의 가는 길을 반가워 하실까
나의 하루하루는 얼마나 가치가 있을까
오늘 집을 나서기전 기도를 하고 조용히 문을 연다.

축구하기 좋은 날

비 개인 맑은 아침
흰구름이 천마산을 타고 올라간다
체어로 녹색마당엔
다산FC 유니폼이 유난히 반짝인다
7일만에 만나는 반가운 이들
실력보다 인성이 먼저인 이들
그래서 좋다
오늘은 왠지 패스가 더 잘 될 것 같다
오늘은 왠지 컨트롤이 더 잘 될 것 같다
잘 하면 골도 터질 것 같다
누군가 가져온 수박을 한 입 베어물고
누군가 준비한 생수와 커피를 마시며
연실 "감사합니다" "고맙습니다"를 한다
"그럼 나는 무엇으로 보답할까"
즐거운 고민을 하며 팀웍을 다지는
오늘은 진짜 진짜 축구하기 좋은 날이다.

비빔밥

저게 저 혼자 맛있어 보일 리는 없다
저 속에 당근채 한 움큼
저 속에 호박, 버섯 두 움큼
저 속에 콩나물, 무생채, 볶음 고추장 세 움큼
저 속에 들기름이 어우러져
그렇게 보일 게다
저게 저 혼자 그냥 감칠 맛을 낼 리가 없다
저 속에 성도님 손맛 한 개
저 속에 집사님 기쁨 두 개
저 속에 권사님 마음 세 개 위에 사랑을 섞어
기막힌 맛을 냈을 게다
오늘도 우리는 서로 비비면서 행복에 젖는다.

괜찮은 덕담

그저께
새신랑 조카가 결혼을 했다
사실 몇 달전부터
어떤 덕담을 해 줄까 고민을 했었다
먼저 이쁜 신부에게 결혼을 왜 하느냐고 물었더니
"사랑하니까요"라고 대답했다
조카는 대답대신 그냥 함박웃음만 지었다
한참을 뜸들이다가
"이사가던 날" 노래말에 답이 있다고 말했다
그 노래를 들어본 적이 없단다
답인즉 "헤어지기 싫어서"
"떨어지기 싫고, 같이 붙어 있으려고" 일렀다
"아하~ 그렇구나~ 맞네요 맞네~"
세월이 흐른후에
각방, 졸혼, 황혼이혼이란 말이 어렵지 않게 들려온다
오늘 한 이 약속을 잊지 말고
"위대한 약속" 노랫말처럼
"그대곁에 남아서 끝까지 같이 살라"고 했습니다.

나의 가시는

잎이 짙어질수록
단단해지는 너
꽃몽우리가 생기기전에는
안 그랬는데
벌 나비를 불러 놓고
꽃잎 뒤에 숨어서
나는 무엇을 하고 있는 거지
방어는 하는데 공격은 하지 않는다고
그걸 믿는 자들이 얼마나 될까…

자유

간혀보니 알겠더라
마음껏 돌아다니던 소중함을

어릴적 새를 잡아
정성들여 먹이를 주고 애를 썼지만

3일도 못가서 왜 죽었는지를…

우주

깜짝 이벤트에
이어 다가오는 이 신비함
코스모스Cosmos
유니버스Universe, 우주의 끝은 어디일까
무질서 한 것 같지만
수 많은 별들속에서도 존재하는 질서
그 분의 창조질서
그 분의 놀라운 솜씨로 빚어진
우주*가 우리에게로 왔다
그 무엇으로도
표현할 수 없는 이 기쁨
신비한 생명을 만드시 그 분께
최고의 경의를 올려드립니다.

* 외손녀 태명

일어나라

민초 무지렁이*들이여 일어나라
무지함이 더 강력한 무기가 아닌가
누군가가 싸워주기만을,
누군가가 나서주기만을 기다리는
비겁한 자들이여 일어나라
언제까지 눈치만 보고 있을 것인가
교회여 일어나라
뒤에서 쑤군쑤군거리며
언제까지 앉아서 기도만 할 것인가
용사들이여 시민들이여
주저하지 말고 일어나라
모세가 홍해에 발을 내 딛었듯이
여호수아가 요단강에 발을 들여 놓았듯이
등 뒤에서 재촉하시는 그 음성을 들었으면
과감하게 발을 털고 일어나 앞으로 나아가라
구경꾼이 되지말고 선수로 나가서 뛰어라.

* 일이나 이치에 어둡고 어리석은 사람

혼자만 잘살믄 무슨 재민겨

약 20여년전
갑자기 동공에 힘이 들어간
시커먼 얼굴에 주름 가득한 모습
요즘들어 자꾸만 그 책 표지가 떠 오른다
MBC 느낌표!에 선정되었던 그 책
제목 속에서 사람냄새가 나는 것 같고
그저 웬지 가까이 하고픈 마음이 드는
깊은 산속의 약초같은 이야기가
계곡 사이 바람을 타고 마을로 내려온다
자연의 순리에 따라
같이 웃고 같이 울며 사는 소탈함이
마을에서 마을로 도심에서 도심으로 전해진다
날이 갈수록 사람보기 어려운데
인심마저 사라지면 어이할꼬…

나에게 쓰는 편지

육십이 되어서
처음으로 나에게 편지를 쓴다
양쪽 어깨에 손을 얹고 토닥토닥
덕희야~ 정말로 수고 많았다
육십년 세월 참으로 잘 살아주어서 고맙다
시골에서 가난과 함께 태어나
살아온 게 기적이다
인정 많고 성품 좋은 부모님 덕에
정직과 성실을 삶의 지표로 삼았지
고등학교 2학년 때였었지
죽음과 사후세계를 고민하고
내 삶의 참 주인이신 예수님을 알게 되었지
믿음으로 인해 삶의 방향이 바뀌고
진급도 멈추었지만 그래도 후회하지 않는다
이쁘고 신실한 아내를 만난 것도 은혜요
든든한 아들딸을 주신 것도 감사하다
모든 것이 은혜요 감사로다
내 묘비에는 무엇이라 써야할까?

고마운 사람

"고맙소"
노래를 듣다가
생각 난 천생연분
첫 만남이
이렇게 될줄이야
고생할 것을 뻔히 알면서도
아무것도 가진 것 없던 나에게
따지지도 않고 와 주었던 사람
모태신앙이면서도
그 좋은 자리 다 차버리고
軍人의 길, 고난의 길을 같이 가겠다고
따라와 준 그 사랑, 그 사람
그 사랑에 힘입어
이제 아이들 짝지워
참 주인이신 하나님 품에 맡기고 보니
감사의 눈물이 난다
기쁨의 눈물을 난다
저절로 행복의 눈물이 흐른다.

너에게*

어느 따스한 봄날
그대 한 마리 나비되어 날아온다면
나 그대의 꽃밭이 되겠소
먹구름 소나기로 내릴 때
나 날아가지 않는 우산이 되고 싶소
한 자락 그늘로, 따가운 햇볕을 가리고
삭풍이 불어 올 때, 바람막이 사랑나무가 되리
늦은 밤 지친 몸으로 문을 열면
기대어 잡고 설 수 있는 든든한 기둥이 되리라
아무리 비싼 침대라 해도, 따뜻한 그대의 팔베개만은 못하리
때로 힘이 들고 어려울 땐
아름다웠던 기억들을 떠올리며
서로 두손모아 하늘 아버지께 기도하리
그렇게 세월은 흘러
인생의 추운 겨울이 온다해도
소중한 사랑의 힘*The Power of love*으로
처음 잡았던 손 놓지 않으리, 놓지 않으리
오늘, 또 다른 사랑으로 태어나는 날

아침에 눈을 뜨며, 생명의 양식을 먹고
저녁에 잠자리에서 감사感謝기도를 하리
축복祝福의 통로를 열어
믿음의 명가名家를 이루라.

* 화랑·다은 결혼식(2016.10.29.)

축 사

사랑하고 축복합니다

제가 최근에 이런말을 많이 들었습니다. 딸을 보내는 마음이 어떠하냐고? 부모의 마음은 다 같을 것입니다. 오늘은 이렇게 얘기를 하고 싶습니다. 요베겟의 노래에 나오는 갈대상자를 강물에 떠내려 보내는 마음이라고 ~~~

요베겟은 우리가 잘 아는 위대한 모세의 어머니입니다.

세상 상황속에서 갈대상자에 아기 모세를 넣고 눈물로 보내며 기도합니다. 험난한 세상, 망망대해로 보내는 어머니, 아버지의 마음입니다. 승준이 희영이 삶의 참 주인, 하나님 그 손에 이 가정을 맡깁니다.

30년 먼저 태어나서 살아 본 인생의 선배로서 꼭 해주고 싶은 말은 이것입니다. "지는 게 이기는 것이다" 살아보니 딱 맞는 말입니다. 대장부와 현명한 아내는 굳이 집안에서 이기려고 하지 않습니다. 결혼은 사랑의 완성이 아니라 사랑의 시작입니다. 무거운 짐을 힘들지 않게 짊어지고 견딜 수 있는 것은 가족에 대한 사랑이 있기 때문입니다. 사랑하는 부모, 아내, 자식이 있기 때문입니다.

여기에 2그루의 나무가 있습니다.

하나는 남편나무 승준이, 하나는 아내나무 희영이입니다.

남편나무는 바람을 막아주고 그늘을 만들어 냅니다.

어느날 갑자기 남편나무가 태풍에 쓰러진다면, 막상 아내나무는 그 엄청난 바람과 뜨거운 태양을 고스란히 받아야만 합니다. 그렇기 때문에 지금까지는 뿌리가 서로 달랐지만 이제는 연리지 사랑나무가 되어야 합니다.

서로에게 늘 사랑과 감사라는 거름과 물을 주어야 합니다.

특히, 아내나무는 남편나무를 위해 더욱 더 그래야 합니다.

저는 개인적으로 가수 김종환씨의 딸 리아킴이 부른 위대한 약속의 노랫말을 엄청나게 좋아합니다. 평범한 것이 얼마나 소중한지 여러분들도 한 번 휴대폰에서 노랫말을 검색해 보시기 바랍니다. 오늘 이시간, 여기서 굳게 약속한대로 그 "위대한 약속"을 끝까지 지켜내며 행복하게 살기를 선포합니다. 좋은 집, 좋은 옷, 좋은 고기보다 채소를 먹으며 사랑하는 것이 나으니라. 오월의 아

름다운 날~ 승준이, 희영이에게 아버지로서 마음껏 축
복합니다.

그리고 사랑합니다. 감사합니다~~~

* 승준·희영 결혼식(2019.5.25.)

평론

智, 仁, 勇이 빚은 詩的內攻,
감사의 기도로 거듭나다
– 피덕희 시인, 제 3집 『이전보다 더』론 –

복재희

문학평론가 시인 수필가

1. 들어가며

전체 옥고를 감별한 첫인상이 어찌나 신선한지 화자인 피덕희 시인이 궁금해진다. 그는 누구일까?!

"지智"는 사리를 판단하고 분별하는 능력으로 군인의 사명을 인식하고 무력관리라는 부여된 기능을 올바르게 이해하는 덕목이요

"인仁"은 어진 감성과 신의를 바탕으로 서로 사랑하고 이해함으로 부대의 단결력과 전투력을 고양시키는 덕목이요.

"용勇"은 굳센 행동으로 어떠한 위험에도 옳은 일을 실천함으로써 책임을 다하는 덕목을 교훈으로 정한 육군사관학교를 85년도, 41기로 졸업하고 한남대 국방전략 석사과정을 수료 후 영관급으로는 가장 큰 상인 보국포장을 수상했으며, 대통령상도 수상한 사나이 중 사나이 시인이다.

그럼에도, 혼자 있는 시간에는 인생에 대한 노래 선율에 눈물을 흘리는 여린 감수성을 지닌 시인 - 매사를 긍정으로 화답하며 혹여 경로이탈이 될세라 늘 올곧은 가치를 추구하려 스스로를 돌아보는데 진중한 시인임을 알게 된다.

위와 같은 정신도精神道에서 빚어낸 구십 편의 작품은 차이나 블루처럼 신선한 색채로 다가왔으며 평생을 군인이어서 각 잡힌 시어가 아닐까라는 염려는 기우杞憂에 불과했음을 발견하면서 오히려 시평이 누가 될까 자괴自愧앞에 두리번거린다.

2. Pun과 Fun 그리고 Satire

방패와 창끝의 비유는 우리네 삶에서 풀어갈 수 없는 문제 - 문제 앞에 선 인간의 지혜를 동원해야 한다는 비유일 것이다. 그러나 끊임없이 다가오는 문제의 해결은 인간을 성숙시키고 보다 진전된 상황으로 나아갈 수 있는 동력일 뿐만 아니라 대상과 개체가 동일화하는 방법으로 성숙된다. 그러나 희망의 깃털보다는 절망의 무게가 다가올 때 해결의 방도가 더욱 커다란 압력으로 돌아오는 인간사 내지는 역사적 흐름에 - 시인은 우회적 방법으로 다시 도전의 깃발을 들게 된다. 다시 말해서 우右다 좌左다 할 수 없으니 겉과 속이 다른 Irony이거나 Parody 혹은 풍자적인 기교를 동원하여 현실과 맞서는 투사로 변모한다.

화자의 투철한 국가관은 작품의 기둥을 형성하고 그의 온화한 태생적 인자는 시적 고아함을 배가시키는 천생시인

天生詩人이자 애국자임이 명징하다. 그의 작품 「물들아」를 소개한다.

> 물은 배를 띄우기도 하지만
> 배를 엎을 수도 있다
> 작은 샘물들아
> 3.1운동처럼 곳곳에서 분연히 일어나라
> 거대한 급류, 거대한 파도가 되어
> 의인들은 걸러내고
> 거짓되고 가증스러운 것들
> 부활이 없다하는 자들은 온전히 쓸어버려라
> 물들이여
> 이 나라 온 땅에 구석구석에 스며들어
> 기다리고 기다리던 그날
> 4월 그날에
> 다시 대한민국의 배를 띄워
> 새로운 빛으로 찬연한 영광을 드러내라.

– 「물들아」 전문

위 작품은 24년 4월10일 22대 총선을 앞두고, 국가의 밝은 미래를 염원에 담아서 시 종자로 탄생시킨 작품이다.

필자가 시평을 쓰는 현재는 야당이 압승을 거두어 정국이 아수라로 바뀐 현실에 직면해있다.

문인은 시대를 살아가는 아픔을 작품에 실어 환치시키는

역설의 미학자이기도 하다. 화자는 '물'이라는 시적 은유를 도입하여 부디 순풍에 배를 출항시키길 바라는 간절함이 스며있다.

2연에서 *"작은 샘물들아 / 3.1운동처럼 곳곳에서 분연히 일어나라"* 분연히 일어나기를 – 작은 물결들이 모여 바다를 이루어 배를 띄우자고 민초들에게 호소하는 필력을 보인다.

3연, 4연에서 *"거대한 급류, 거대한 파도가 되어 / 의인들은 걸러내고 / 거짓되고 가증스러운 것들 / 부활이 없다하는 자들은 온전히 쓸어버려라"*에서 화자가 분연히 일어나야하는 이유로 의인은 걸러내고 거짓되고 가증스러운 것들은 온전히 쓸어버려 깨끗이 청소하자는 염원을 밝혀둔다.

마지막 연에서 *"4월 그날에 / 다시 대한민국의 배를 띄워 / 새로운 빛으로 찬연한 영광을 드러내라."* '드러내라'는 명령어로 탈고한 애국심 어린 수작秀作이건만 결과는 참담한 상황에 이르렀으니 화자의 맑은 시심에 그늘이 우려되는 작품이다.

정치는 인간의 삶을 결정하는 메커니즘으로 벗어날 수 없는 운명의 굴레이다. 하여 관심의 줄을 놓을 수 없는 일상과 함께하기에 문인이라면 시대의 상황에 저항할 줄 알아야 하고 때로는 칼보다 날선 시어로 혼쭐낼 줄도 알아야한다. 고작 담뱃값 인상에는 반내성명을 내면서 추라한 집단으로 전락한 이유가 뭔지 그러고도 독자의 가슴에 위무慰撫될 문학적 표현을 바라는지 답이 없는 현실에서 걱정이 앞선다.

위 작품 외에도 화자의 애국충정심이 빚은 많은 작품들이 수작으로 등장한다. 독자들에게 상당한 지적자산을 남겨주기에 충분한 필력이라서 기쁨의 원천이 된다.

3. 피덕희 시인의 길

시인이 초보단계를 지나면 눈이 넓게 떠지고 시의 내용에 깊이를 동반하는 점이 개성으로 확립된다. 화자의 작품처럼, 내용에서 추구하는 지향점이 명확해지고 형식에서 종결어미의 자기화라던가 연의 제작방법에 자기만의 방식을 갖게 된다. 그러나 시인의 성품에 따라 일정한 형태와 모습을 갖고 시를 쓸지라도 이에 안주하는 것은 자칫 매너리즘에 빠질 위험이 내재한다. 첫 시집과 두 번째 시집 그리고 세 번째 시집이 달라야하는 이유가 여기에 있다. 시에 신선감이라던가 명료한 의미의 구축은 항상 변화를 추구하는 길에서 만나는 감동이기 때문이다. 감동이라는 요소는 먼 곳에서 나오는 것도 또 특이한 소재를 끌어오는 데서 나오는 것도 아니다. 순수하고 투명한 – 벌거벗은 임금님을 벌거벗었다고 말하는 아이의 눈 – 꾸미려고 싸구려 액세서리를 한껏 장착하는 것이 아닌 투명성과 순수성을 지닌 시인의 눈이고 마음이라야 함을 화자는 이미 간파看破하고 있는 시적 언덕에 올랐음을 발견하게 된다.

정작 화자의 작품의 개성처럼 솔직함과 소박함을 갖추면서 생활하고 시를 쓴다는 것은 매우 지난至難한 일이다. 삶이란 부풀리고 수식修飾하는 일이 더 많은 함량이고 필요를

충족하는 경우가 허다하기 때문이다. 때문에 솔직함과 진솔함 혹은 질박質朴함으로 글을 쓴다는 것은 자기를 오롯이 확립한 사람에 의해서만 발성되는 시적울림인 셈이다.

꾸밈이 없는 단순함은 직선에서 만나는 일이기에 직선의 묘미는 타원형이나 혹은 구부리는 수식의 맛과는 다른 맑아서 깨끗함을 느끼게 하는 힘이 있다. 다시 말해서 달관한 사람의 목소리는 현학衒學에 때 묻지 않고 순수하다는 명징이다. 시 쓰기도 이런 이치이기에 시인은 철학을 넘을 수 있고 세상의 모든 – 우주宇宙까지도 포괄하는 큰 그릇인 것이다.

화자가 여기까지 도달 할 수 있었던 것은 지난한 시적여정도 한 몫이었겠지만 하나님의 말씀이 삶에 근간이 되어 늘 깨어있는 영적 자양분으로 빚은 시어들이라 사족蛇足 없이 신선하게 다가오는 것이리라.

2부 작품 중에서 「길」을 만나보자.

"길이 아니면 가지 마라"란 말이
최전방最前方에만 있는 것이 아니다

길이 있다고
길이 보인다고 그저 갈 일도 아니다

길이 없지만
어떤 길은 만들어서라도 가야할 길이 있다

어떤 길은 사람이 보기에 바르나

필경은 사망의 길인 것처럼

어떤 사람들은 여로보암의 길로 갔고
어떤 사람들은 다윗의 길로 갔다

나이가 들면
고집과 아집이 늘어나 굳은살만 박힌다

이정표 없는 곳에
나 홀로 남았을 때
나는 어느 길로 가야만 하는가?

-「길」전문

위 작품은 7연 15행으로 화자의 맑은 정신도精神圖에서 빚어진 수작이다. 1연~3연의 '길'이 시각적으로 보이는 길이라면 나머지 4연의 '길'은 형이상학적인 '길'을 의미한다 하겠다.

기실, 보이는 길은 그냥 길이고 사람이 빈번하게 왕래하면 길을 만들 수도 있게 된다. 또한 보이는 길은 내비게이션의 도움으로 헤매지 않아도 목적지에 닿게 되는 것이지만, 내적인 길은 고뇌가 있고 그 길을 지향해야 하는 가치를 지니게 되는 것이다.

5연에서 "어떤 사람들은 여로보암의 길로 갔고 / 어떤 사람들은 다윗의 길로 갔다"는 표현은 바이블 구약, 역대상,

역대하, 열왕기상, 열왕기하에 기록되어 있는 두 인물을 시적비유로 도입한 작품이다.

　여로보암의 길과 다윗의 길은 이스라엘의 분열과 관련된 역사적 배경을 말함인데 '다윗'은 이스라엘의 가장 위대한 왕으로 하나님의 마음에 합한 자로 백성을 위한 그의 통치는 하나님께 충성하며 정의로움과 의로움을 추구하는 길로 인도했다면 '여로보암'은 이스라엘 북 왕국을 세운 인물로 백성들이 예루살렘으로 돌아가 하나님을 섬기는 것을 막기 위해 금송아지 우상을 만들고 비정한 예배 장소를 지정하여 하나님을 버성김으로 불순종의 길을 가는 - 옳은 길과 그릇된 길의 대조를 이루려 상징적인 두 인물을 작품에 앉힌 걸로 미루어 화자는 하나님을 경외하는 신자임을 독자는 알아차린다.

　"어떤 길은 사람이 보기에 바르나 / 필경은 사망의 길인 것처럼"이란 화자의 표현과 "나이가 들면 / 고집과 아집이 늘어나 굳은살만 박힌다"라는 표현은 우리 모두에게 던지는 깊이 있는 메시지로 다가오기에 충분한 설득이 된다. 유혹은 언제나 달콤해서 방향전환을 주저하는 꼰대? 들에게 일침이 되는 표현이다. 이를 화자는 걱정하는 시어로 마무리를 하는데 "이정표 없는 곳에 / 나 홀로 남았을 때 / 나는 어느 길로 가야만 하는가?"라는 표현은 화자자신에게 던지는 화두인 것처럼 보이지만 마음눈 밝은 독자는 알아차릴 것이다. 우리 모두에게 던지는 강력한 메시지라는 것을...

　시인이 시를 쓰는 행위는 신실한 신자信者가 하나님을 섬기는 행위와 같다. 정갈한 마음과 경건함으로 하늘에 상달

되는 예배를 드리듯 시인은 정갈한 시어를 함축하고 이미지를 모아, 상대에게 닿아 눈물이기도 하고 기쁨이기도 하여 감동으로 이어지는 일 – 시는 시인이 쓰지만 그의 손길을 떠나 출간됨과 동시에 어쩌면 주인은 독자일수도 있음이 그러하다 하겠다.

화자가 지향하여 가는 길에 언제나 눈동자처럼 보호해주시는 하나님의 섭리가 함께하시리라 믿으며 그 길에서 문운도 환히 열리리라 믿으며 필자도 응원한다.

4. 피덕희 시인의 더 많아지는 눈물

예술에서 절망의 이름은 필요의 이름일지 모른다. 다시 말해서 절망 속에서 아름다운 예술의 흔적을 발견할 수도 있고 절망의 심연을 다녀온 뒤에 비로소 미감美感의 벌판을 제시해주는 일은 일반적인 현상이기 때문이다.

베토벤이 운명을 극복한 결과물이 그의 예술혼의 승화였고, 김 삿갓은 그 운명의 슬픔을 역설적으로 시로 승화한 경우는 적절한 비유가 될지 모른다. 물론 이런 논리는 일방적이고 편협한 경우로 치부될 수도 있지만 고난의 시절을 배회한 뒤에 만나는 미감美感은 확실히 범상히 넘겨야할 문제는 아닌 것 같다. 그렇다면 인간이 경험한 역경의 파도는 인간의 내면을 키우는 혹은 전환의 장면으로 다가갈 수 있는 줄기일지 모른다.

가난이란 시대적 상황이나 가정사적 고통역시 지나고 보면 인생의 층을 높이는 일이고 또 감사의 방편에 숙고의 시간을 갖게 하는 기회의 제공이라면 시 속에 체험의 투영은 상상의 벌판을 더욱 풍윤하게 만드는 계기가 될 것이다.

깊이 있는 의미의 포함은 결국 독자에게 다가가는 인생의 깊은 이야기에 다름이 아니기 때문이다. 시의 의미장치는 결국 독자에게 체험의 미학을 제공하는 일이라는 논지이다. 회갑을 넘긴 화자의 회고인 「더 많아지는 눈물」을 만나보자.

오십대 후반이 되니
눈물샘이 더 많아지나 보다
나는 내가
제일 어렵고 힘들게 살아왔다고 생각해왔다
초등학교 3학년 때 처음으로 흑백사진을 찍었고
고등학교 3학년 때 우리 집에 전기불이 들어왔다
그런데,
안 보이던 사람들의 마음속을 들여다보니
내 눈물은 눈물도 아니다
그 눈물들을 닦아주고 싶다
더 많은 눈물을 찾아서
그래도
고맙고 고맙다, 감사하고 또 감사하다
적게 가졌지만 그래도 감사하다
결실한 포도나무와 어린 감람나무가 있어서 감사하다
오십대 후반이 되니
눈물샘이 더 깊어지나 보다.

– 「더 많아지는 눈물」 전문

문학은 장르에 따른 일정한 표정을 갖고 있다. 다시 말해서 저마다의 사람에게 표정 - 개성이 다르듯이 문학에도 다른 표정을 감지하는 것은 쉬운 일이다. 왜냐하면 문학은 곧 쓰는 작가의 의식을 나타내는 또 다른 그림의 수단이기 때문이다. 개성의 발현이 독특하면 독특할수록 문학의 진수는 오묘한 맛을 간직하게 된다는 이치이다. 인간의 개성은 살아온 혹은 살고 있는 의식意識의 총화가 결합하여 변함없는 도식성을 갖게 되기 때문이다. 물론 현재성 보다는 과거와 현재가 결합하여 의식의 중심을 이룰 뿐만 아니라 이 지점에서 미래를 추측하는 또 다른 여백을 공유하게 될 수 있기 때문이다.

　마음에는 일정한 파장이 있는데 그 파장의 특성은 결코 돌출적인 의외성보다는 오히려 살아온 혹은 살고 있는 의식의 경험에서 빚어지는 경향이 더 많기 때문이다. 요컨대 경험을 문학으로 바꾸는 일은 바로 작가의 몫이면서 이를 어떻게 문학성이 있는 재료로 환원할 수 있는가는 전적으로 숙련의 과정을 지나면서 표현미를 얻어야하는데 경험만이 문학이 되는 것도 아니고 또 단순한 언어 나열이 문학성을 획득하는 것은 더더욱 아님을 화자는 이미 알고 있다.

　"나는 내가 / 제일 어렵고 힘들게 살아왔다고 생각해왔다"는 표현은 이미 나보다 더 어려운 이웃이, 나보다 더 많은 눈물을 삭히며 살아간다는 이타적 발견이 숨어있는 표현이다.

　"초등학교 3학년 때 처음으로 흑백사진을 찍었고 / 고등학교 3학년 때 우리 집에 전기불이 들어왔다"에서는 도시적이기 보다 흙냄새가 물씬한 고향이 그려지는 대목이다.

그 당시는 거개가 가난했기에 상대적인 빈곤감이라기보다는 보편적 빈곤감이어서 화자의 정서에 큰 상흔傷痕은 없을지 모른다. 그러나 고등학교 3학년 때 전기불이 들어왔다는 대목에선 화자가 육사생도라는 점을 감안하면 그의 명석함과 형설지공을 엿보게 되는 감동이 전해온다.

휴머니즘이 하나님의 사랑과 결합하여 형성된 화자의 성정은 다음 구절을 펼친다. "안 보이던 사람들의 마음속을 들여다보니 / 내 눈물은 눈물도 아니다 // 그 눈물들을 닦아주고 싶다 / 더 많은 눈물을 찾아서"라며 아가페Agape적 사랑의 시선을 던진다.

"그래도 / 고맙고 고맙다, 감사하고 또 감사하다 / 적게 가졌지만 그래도 감사하다 / 결실한 포도나무와 어린 감람나무가 있어서 감사하다"며 시인이 지녀야 할 덕목이자 하나님의 무조건적인 사랑을 전하려는 화자의 인간애가 오롯이 담긴 대목이다. 어려운 시어가 없어 해설이 필요 없지만 이리도 진정성 있는 사랑의 전달은 그 자체로 상당한 힘을 지니게 됨을 발견한다. 여느 시인이 에둘러 인간애를 표현한 예는 번다하게 만났지만 오롯이 전해지는 진수는 화자만의 영적에너지가 아닐까에 이르니 이 작품에 꽃목걸이를 걸어주고 싶음이다.

포도나무와 감람나무는 성경 시편 128장 3절의 말씀으로 '네 안방에 있는 아내는 결실한 포도나무 같으며 네 식탁에 둘러앉은 자식들은 어린 감람나무 같으리로다.'를 인용하여 시에 맛을 배가시켰음을 발견한다.

　아내를 포도나무에 비유하신 것은 포도나무는 무더위를 잘 견디며 광야나 거친 땅에서도 뿌리를 깊숙이 내리고 열매를 잘 맺는 식물이란 의미에서 평화와 번영을 상징하기에 화자는 사랑하는 아내를 이렇게 시에 마침하게 앉힌 것이리라.

　자식에 비유되는 감람나무는 우리가 흔히 말하는 올리브나무와 그 열매를 통칭하는 것이다. 웅장한 나무의 외모와 풍성한 결실은 아름답고 수려한 자녀들을 의미하며 하나님으로부터 받은 선물이니만큼 복과 평화를 상징한다고 이해하면 되겠다.

　마지막 연에서 "오십대 후반이 되니 / 눈물샘이 더 깊어지나 보다."로 탈고한 표현에서 눈물로 하나님께 감사기도 올리는 화자의 경건함을 만나게 된다.

　필자의 어록이랄까 '글 이전에 사람됨이 먼저다'인 만큼 시인에게 신앙이란 늘 자신의 그릇됨을 발견하고, 회개하려는 깨어있는 정신은 그 작품에 미치는 파장이 지대하다 생각한다. 정작 추구해야할 이들은 자기도취에 등한시 하는 아이러니에 큰 우려가 되는 작금의 흐름을 어쩐다?!

5. 어머니 어머니 나의 어머니

　'詩는 자연이다'라는 말은 시적 소재를 취한다는 뜻도 있지만, 인간도 자연의 일부라는 넓은 의미의 자연관은 결국 시와 자연의 등가等價는 피할 수 없는 정서의 나열이라는 점에서 자연을 벗어나서는 존재의 근거를 상실하게 되고 사람이 활동하는 모든 공간은 자연에서 비롯되어 마감을 준비하는 절차까지 수용하게 된다는 뜻이다.

그 때문에 자연이 곧 인간이고 자연을 표현하는 시는 결국 자연으로 귀속되는 이름인 것이다.

물론 세부적으로 구분하면 살아가는 생활을 표현하는 것도 있고 또 형이상학적인 생각을 나타낸 시도 있을 수 있다. 그러나 광범위한 전제위에서 시는 곧 자연을 그리는 일에 불과하다.

해와 달 혹은 산과 계곡 또는 바다나 강, 나무와 초목들 그리고 바람에 흔들리는 꽃들의 이야기는 결국 시의 모두를 이루는 소재들이라서 구체적인 이미지로 작동될 때는, 시는 자연의 숨소리를 나타내는 수채화 혹은 풍경화의 그림이 된다. 화자의 시를 일별一瞥하면 식물성 인자因子로 감득되는 이치이기도 하다.

화자의 시의 특질은 도시의 삭막함 내지는 칼칼함이 아니라 꽃잎을 세는 따스한 감수성과 그분의 말씀으로 무장된 안정감을 겸비한 유장함이 서정시의 언덕에 있음으로 평을 쓰는 필자는 두려움과 행복감이 교차한다.

다음 작품은 하얀 목련과 하얀 찔레 그리고 오월의 붓꽃과 갈대숲길의 호젓함에서 그리운 어머니를 소환하여 시적 종자로 삼은 작품 「어떤 여인」을 만나보자.

아내가 아닌
어떤 아름다운 여인의 가슴에 안기고 싶어라

하얀 목련

그 그림자를 돌아서

눈부신 그 여인의 목덜미를 끌어안고 싶어라

하얀 찔레꽃 한 아름 꺾어

마르지 않는 그대 꽃병에 꽂아두고

오월의 붓꽃 그녀 가슴에 꽂아

보랏빛 향기에 취하고 싶어라

보일 듯 말 듯한 갈대 숲 길

저만치 앞서가는 그대 달그림자 바라보고

긴 겨울밤 그녀의 옛이야기 들으며

웃다가 울다가 그대로 잠들고 싶어라

아내가 아닌

어떤 아름다운 여인의 가슴에 안기고 싶어라

어머니, 어머니, 나의 어머니!

– 「어떤 여인」 전문

　남성임에도 섬세한 표현을 구사한 시적재능은, 서정시의 상당한 영역을 선보이는 작품이라 하겠다.

　우리들의 가난한 시절 어머니라는 이름은 언제나 가슴 밑동에 눈물로 남아있고, 엄격하셨던 아버지는 머리에 남아 있다. 이런 어머니를 시적 허용을 빌어 어떤 여인이란 3인칭에 숨겨두는 매력이 엿보이는 작품이다. 어머니란 이름은 눈물이 나는 대상이다. 조건 없는 헌신과 사랑이 가슴을 파고들기 때문이다. 이는 하늘이고 땅이면서 주기만 하면서 만족하는 이름으로 신앙을 뛰어넘는 - 원초적인 대상을 외면하고 살 수 없는 인간의 심연에서 만나는 이름이기 때문이다.

냉수 한 사발로 배를 채우셔도 오로지 자식 입에 넣어줄 맛있는 음식을 장만하시느라 손발이 부르트도록 고생만 하신 어머니를 사무치게 그리워하는 작품이다.

이젠 밤하늘을 밝히는 이름 없는 별이 되신 어머님은 온화하신 성품이셨으며 단아하신 기품까지 겸비하신 화자의 어머님을 독자들은 내 어머니도 그런 분이셨다는 모정을 일으켜 공감대를 형성하는 작품이다.

"~ 싶어라"를 다섯 차례나 서술한 부분에서 화자의 그리움의 깊이를 가늠케 하는 - 전율이 이는 작품이다. 이는 작가의 상당한 시적훈습이 가져다 준 언어의 연금술이자 다양한 정감을 지닌 화자의 마음을 뜻하니 그의 모든 시는 하나님을, 조국을, 가족을, 이웃을 그리고 자연에게도 사랑을 공급하는 마음과 일치하고 있다는 명징함으로 느껴진다.

그 어머니의 선한 유전자로 지금 화자의 태생적 시인의 면모가 확립된 것이라 유추된다.

지면상 다 선보일 순 없지만 1~5부 작품 한 편 한편이 주옥같이 순수하고 정제된 작품이라서 독자들에게 깊은 감동으로 다가가리라는 확신이 든다.

6. 화자 자신에게 쓰는 편지

사람에게는 믿음의 줄기가 있다. 겉으로 드러나는가 아

니면 속으로 내장되어있는가의 차이가 있을 뿐 궁극적으로 지향하는 길이 있게 된다. 다시 말해서 절대자를 구체화 하거나 아니면 내장하는 차이 – 이런 현상은 모든 인간에게 통용되는 현상이다. 왜냐하면 인간은 필연적으로 나약한 존재임을 스스로 인식하고 있기 때문에 의지하려는 본능을 가지고 있다. 신앙의 입구는 이러한 인간의 문제로부터 구원을 말하는 방식을 취하는 것이다. 그러나 인간의 지혜는 항상 위험을 감내하는 모험과 스릴을 자초하는 숙명 앞에 있게 될 때 신앙은 절대의 명제를 하달하게 된다. 더욱이 인간은 외로움과 고독에 함몰되기 쉬워서 결국 신을 만나는 예비의 단계가 되고 세파에 휘둘려 넘겨졌을 때, 언제나 등 뒤에서 일으켜주시고 피난처가 되시는 절대자의 크신 사랑에 의지할 수밖에 없는 존재라는 것을 인정할 수밖에 없다.

우리네 사는 일이 미궁의 깊이에서 방황하는 일이 전부이기에 절대자의 목소리는 안식이자 위안인 것이다. 고등학교 2학년 때 주님을 만난 화자의 깊은 신심의 기저基底에서 빚어진 화자의 작품들은 하나같이 고요하고 평안을 느끼기에 충분한 이유가 되겠다. 마지막으로 만나볼 작품은 화자 스스로를 위무하는「나에게 쓰는 편지」와「이전보다 더」를 만나 보자.

육십이 되어서
처음으로 나에게 편지를 쓴다
양쪽 어깨에 손을 얹고 토닥토닥
덕희야~ 정말로 수고 많았다

육십년 세월 참으로 잘 살아주어서 고맙다
시골에서 가난과 함께 태어나
살아온 게 기적이다
인정 많고 성품 좋은 부모님 덕에
정직과 성실을 삶의 지표로 삼았지
고등학교 2학년 때였었지
죽음과 사후세계를 고민하고
내 삶의 참 주인이신 예수님을 알게 되었지
믿음으로 인해 삶의 방향이 바뀌고
진급도 멈추었지만 그래도 후회하지 않는다
이쁘고 신실한 아내를 만난 것도 은혜요
든든한 아들딸을 주신 것도 감사하다
모든 것이 은혜요 감사로다
내 묘비에는 무엇이라 써야할까?

                    – 「나에게 쓰는 편지」 전문

골절된 곳이
다 나으면 뼈가 더 단단해진다
비 온 뒤에 땅이 더 굳어진다고 했던가
작은 장애물을 넘고 나면
웬만한 것은 아무것도 아닌 것을
껍질을 벗기는 아픔으로 가재는 커가듯이
좁은 구멍을 뚫고 간신히 나온

나비의 날개가 아름다운 것처럼

마지막 암세포 한 마리까지

태우고, 씻어내고, 말씀의 광선으로 비워

새로운 생명세포로 채우리라

지금은

무거운 짐으로 인해 힘겹지만

주님 주신 사랑으로

지게 작대기 짚고 일어서리라.

-「이전보다 더」 전문

"비켜라 운명아 내가 간다" 니체가 한 말이기도 하지만 마광수의 문학작품 속에서 부르짖는 말이다. 세상사에는 저마다 운명을 가지고 존재한다 하겠다. 이는 – 어떻게 살아가는 길을 맞게 될 것인가의 여부를 운명이라는 말로 치부하면 결국 선택의 길을 뜻하는 의미이리라.

시에도 운명이 있을까? 이 가설 앞에 당황스런 일은 문학을 생명으로 보느냐 아니면 화석화된 이름인가를 규명하는 논리로 발전할 것이다.

문학은 곧 작가의 분신이고 또 작가의 개성을 문학이 승계하는 독특성과 연결될 것이기 때문이다. 작가의 개성이 작품의 개성과 유사하거나 일치점을 갖게 되기 때문이다. 다시 말해서 그 작품은 작가의 분신이자 그림자이고 작가가 슬프면 그 작품에 눈물자국이 남는 이치이고 화자처럼 언제나 밝음을 지향하면 그 작품의 결말은 언제나 긍정의

에너지가 발하는 것은 당연하다 하겠다.

"양쪽 어깨에 손을 얹고 토닥토닥 / 덕희야~ 정말로 수고 많았다 / 육십년 세월 참으로 잘 살아주어서 고맙다"
"이쁘고 신실한 아내를 만난 것도 은혜요 / 든든한 아들딸을 주신 것도 감사하다 /모든 것이 은혜요 감사로다"며
스스로를 토닥이는 화자의 승화된 자화상은 독자들에게 공감을 얻을 것이며 나아가 시적 운명도 환기시킬 에너지로 작동될 것이다. 굳이 묘비명이 필요하다면 이미 위 작품에서 "모든 것이 은혜요 감사로다"로 완성되었다고 보인다.

이번에 출간하는 제 3집의 시제詩題이기도 한 「이전보다 더」의 작품은 60평생 올곧게 살아온 화자의 건강상의 결기 어린 뜨거운 기도가 시의 종자로 탄생한 작품으로 보인다.

"골절된 곳이 / 다 나으면 뼈가 더 단단해진다 / 비 온 뒤에 땅이 더 굳어진다고 했던가"라며 스스로에게 단단한 마음을 주입하려는 의문으로 시작된 첫 연은 2연과 3연에서 이미 해답을 알고 있다는 명징한 표현을 한다.

"작은 장애물을 넘고 나면 / 웬만한 것은 아무것도 아닌 것을 // 껍질을 벗기는 아픔으로 가재는 커가듯이 / 좁은 구멍을 뚫고 간신히 나온 / 나비의 날개가 아름다운 것처럼" 그렇다! 살아가며 형용할 수 없이 무거운 등짐에 수없이 노출된 사람에겐 웬만한 바윗덩이는 거뜬히 옮길 수 있는 무게이듯이 말씀으로 전신全身에 갑주甲冑를 입으시고 세상 모든 생명을 사랑하는 화자의 내공엔 어떠한 사탄의 역사도 그저 가벼운 깃털이거늘 죽은 자도 살리시는 그 크신 능력을

믿고 부디, 말씀의 광선으로 새살을 돋우어 '이전보다 더' 강건하시어 주께 영광 돌릴 수 있기를 – 이 작품을 만난 모든 이들의 중보기도가 반드시 상달되리라 확신하며 논지를 닫는다.